catch

catch your eyes：catch your heart：catch your mind……

牠醒來之後，迎著火山灰下的日光，

尋覓著食物和另一半，

那時候，牠還不知道，

牠是世界上剩下唯一的一隻暴龍⋯⋯

很多事是當時你不會想到，

但事後卻發現早就有徵兆了⋯

catch 41　期　限　DEADLINE　麥人杰／著　責任編輯：韓秀玫　美術編輯：何萍萍　法律顧問：全理律師事務所董安丹律師

出版者：大塊文化出版股份有限公司　台北市105南京東路四段25號11樓　讀者服務專線：0800-006689　TEL：(02)87123898

FAX：(02) 87123897　郵撥帳號：18955675　戶名：大塊文化出版股份有限公司　e-mail:locus@locuspublishing.com

www.locuspublishing.com　行政院新聞局局版北市業字第706號　版權所有　翻印必究

總經銷：大和書報圖書股份有限公司　地址：台北縣三重市大智路139號　TEL：(02) 29818089 (代表號)　FAX：(02) 29883028

初版一刷：2002年10月　定價：新台幣220元　ISBN 986-7975-09-x　CIP 855　Printed in Taiwan

期限

DEADLINE

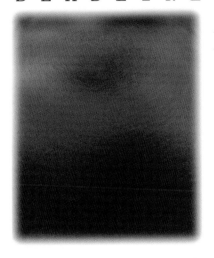

麥 人 杰

妳說要出去買包煙，

於是再也沒有回來……

突然地,

我必須面對我愛情的期限,

無法預料,所以不能阻止,

聽起來有點像出車禍的感覺,

而且肇事者逃逸了⋯⋯

明明說「馬上回來!」

但是從此不見人影。

「馬上」到底是多久?

時間有單位,年、月、日、時、分、秒⋯⋯

但「馬上」到底是多久?

人類是沒有原因就會緊張的動物，

人類是沒有期限就會焦慮的動物，

人類是沒有答案就會痛苦的動物，

妳的離去沒有原因，

沒有期限……

不知道該有什麼反應。

我無法言語。

有沒有一種藥，

吃了會對愛情免疫？

或者像感冒藥一樣，起碼減輕痛苦的症狀？

染上愛情的病毒，

難道就只能認命嗎？

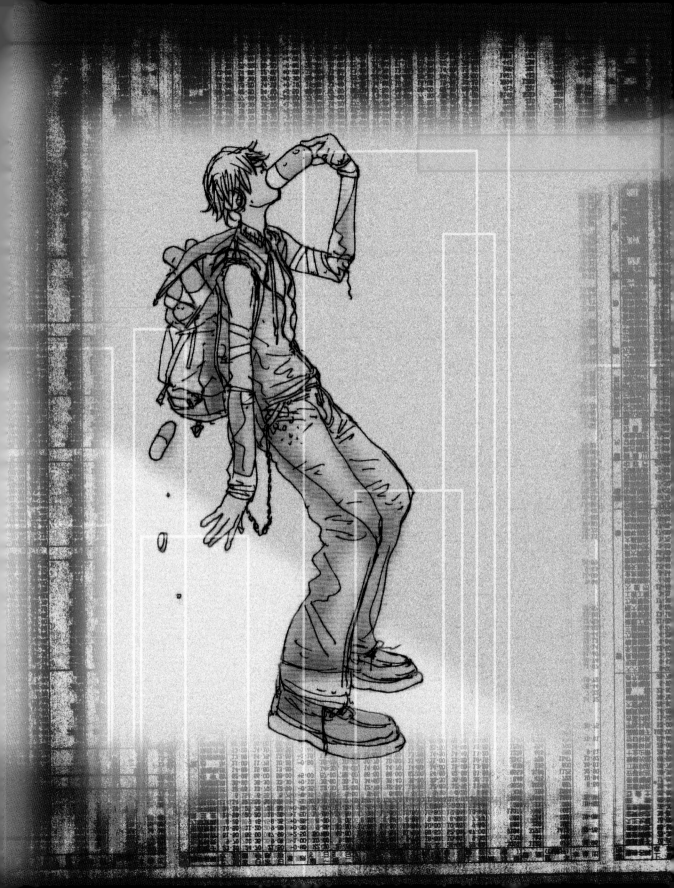

整個人空空蕩蕩、搖搖晃晃……

這種感覺是不是叫失魂落魄？

我失落的魂魄有沒有重量？

那重量是否等同於妳在我心裡的份量？

站在大紙上浮於水面，

感覺它慢慢濕透、緩緩下沈，

最後我會被紙包起來，

像顆水中的包心菜⋯⋯

這張紙的名字，又該叫什麼？

不知道有誰看見了？

據說神創造世界只用了7天。

但7天的期限，我卻做不出妳的模型。

已經7個月了。

神創造世界的時候，有沒有碰過這種問題？

「喂！你身上有沒有標示使用期限？」

妳在我的身體上蒐尋，

試圖找出我的期限。

所有的東西都有期限，

東西過了使用期限就會變成垃圾，

愛情過了使用期限，就成為一種罪惡。

「你不該這麼愛著她的，

　你們的愛早就過期了，不是嗎？」

一個過期的朋友曾經對我說……

憑著記憶可以找到妳嗎？

找到的時候，妳還是記憶中的樣子嗎？

記憶通常不會正確的，就像所有的經典，

都是大師弟子寫的，真實的殘渣，

是經過期限的過濾而留下來的。

究竟流失多少？或是被虛構得更完美？

記憶的有效期限是多久？沒有人知道。

因為所有的記憶都會悄悄地改組，

自行繁殖生長，

改變它原來的樣貌以便你樂於記住它……

記憶通常不是真的，因為美好。

而真實一點也不美好……

不知不覺中，

我得在大家面前展示我的痛苦。

展覽期是多久？

沒有註明，

但是大家對於沒有展示出來的，

看不到的部份更有興趣，

當牠開始探出頭來時，

小心，別讓牠傷到你⋯⋯

試著想改變自己，

做點無聊的事以便忘記妳。

一天也好。

假想當一天的草食動物，

周圍能吃的卻只有衛生紙，

上面寫滿了妳，我慢慢吃掉，

把妳存在我的身體裡……

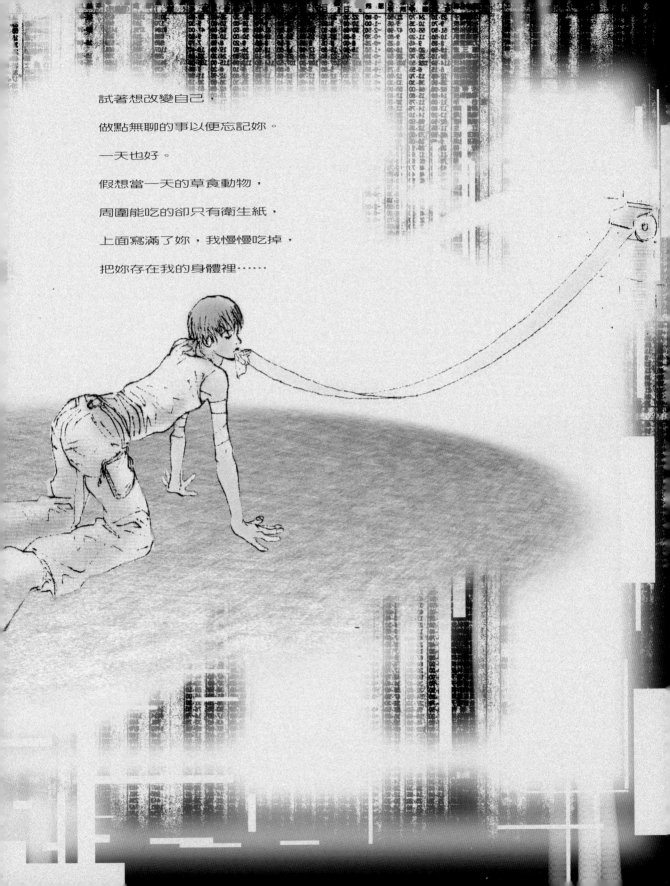

彈奏空氣，

落葉捲起，

它們快樂飛舞的同時，

忘記自己早就枯萎的事實……

獨自一人在戲院看戲，

是為了好好休息，

暫時擺脫讓我痛苦的妳。

光之精靈搬動光線，

組成我們所看見的幻像，

無論銀幕上的災難如何激烈，

時間到了，總是會有人叫醒你。

買票做夢，就只能有這樣的結局。

好夢沒人想醒，卻最容易醒；

惡夢沒人想做，卻好像永遠醒不過來⋯⋯

據說高齡化社會之後，

是活死人社會。

拚了命不死的人，

其實不知道自己早就死了。

他們儘管繼續很忙碌地「活著」，

但沒有發現靈魂的期限已過，

留在世上的不過是殼而已，像螃蟹，

螃蟹紅了、變美了，同時死亡，

對牠而言，紅色是死亡的顏色，

牠會紅、會美麗，但已死亡。

十百萬年來，

動物之所以沒太大改變的秘訣是——

牠們以自然的步伐前進，

不疾不徐，

所以靈魂能跟上牠們的腳步。

而人類的交通工具太快，

常常飆走的只有身體，

把靈魂留在原地⋯⋯

我們創造自以為便利的東西來囚禁自己，

縮短時間，

縮短期限，

而省下來的時間無法儲存，

只能用來更清楚地感覺，

那一切的寂寞與孤單⋯⋯

我開始張貼海報，

由白天貼到黑夜，

看看能不能有她的消息……

有人問我「你也掉了寵物？」

不知道算不算……

也許，寵物是我……

想念開始的時候，

就度日如年……

年的長度，

是以想念為單位嗎？

生命呢？

又是以什麼為單位？

一旦我開始想念，

在期限到達之前，

它都將伴隨著我，

直到入土為安……或者不安……

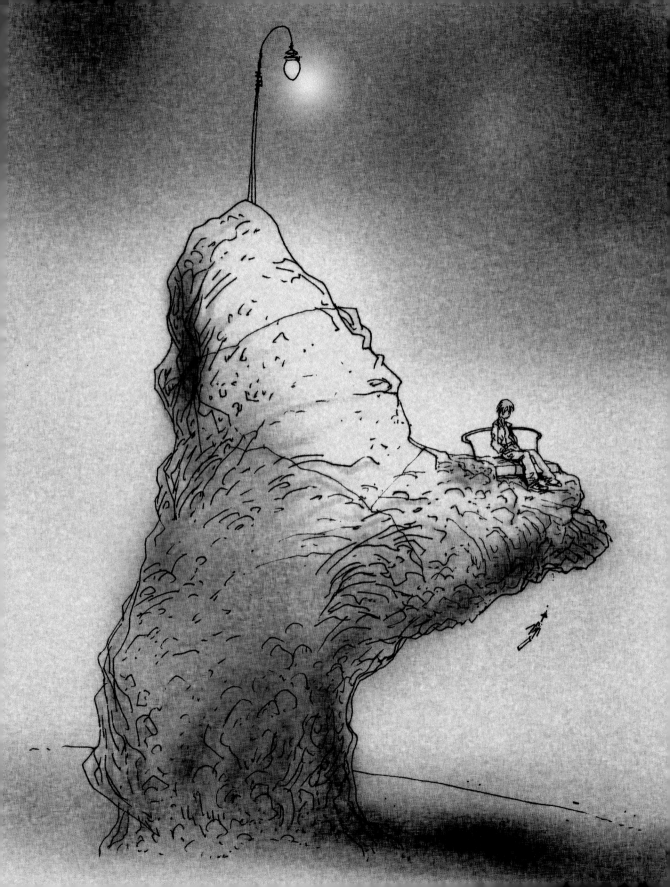

我找到孤立崖上的燈柱，

我發現卡在枯枝中的星光，

我們是否太接近？

又近到看不清彼此的整體？

如今整體已經逃離，

留下的記憶如玻璃鞋般掉落我腦海，

但我要找的人可是灰姑娘？

天使在屋頂曬乾翅膀，

但羽毛卻棄他隨風而去，

我被妳拴在這裏，

就像跳針的唱片一樣……

妳在哪裏？

妳在哪裏？

可曾聽見我的喃喃自語？

無論妳說什麼，

以前我總是微笑傾聽。

但是從自己的喃喃自語中，

現在我卻發現，

原來沈默也是有期限的——

當你有愛人可以沈默以對。

時間的巨輪接不上軸，停滯在這裡無法前進。

我背上的貓咪說：就連烏龜都跑贏了你。

烏龜在你開始養牠的時侯，也同時步向死亡之路，

只是死得慢，就像牠爬行的速度一樣。

我和妳是否也一樣？

一開始就註定要分手？

「你們沒有分手，是她不見了！」

「該放手了，你緊抓著的只是一廂情願的回憶而已！」

有個聲音不斷告訴我⋯⋯

放手？

我會掉到哪裡？

回憶如炸彈般散落，轟炸我的腦海，

激起的浪，拍打搖晃得讓人頭昏。

偏偏是越讓人難過的，記得越清晰，

快樂的回憶卻一點也不持久，

模糊的速度超快，

感覺像上一季的商品，看來已不再亮麗。

這是不是妳讓人印象深刻的方法？

傷害一個人，讓他難過，

在他生命的期限內，

將永遠記得妳。

沒有儀器可以檢驗我的心碎，

Ｘ光……

電腦斷層掃瞄……

核磁共振……

沒有一樣可以……

只有曾經心碎的人能夠體會。

浴缸中有美人魚，

貓咪要我不用擔心。

她很快就會泡沫化……

信念泡沫化……

經濟泡沫化……

網路泡沫化……

我的愛情泡沫化……

有一天，

地球也會泡沫化……

以及，在那之前的沙漠化……

或者，

是被泡沫累積而成的海洋給淹沒吧？

在失戀的陽光下……

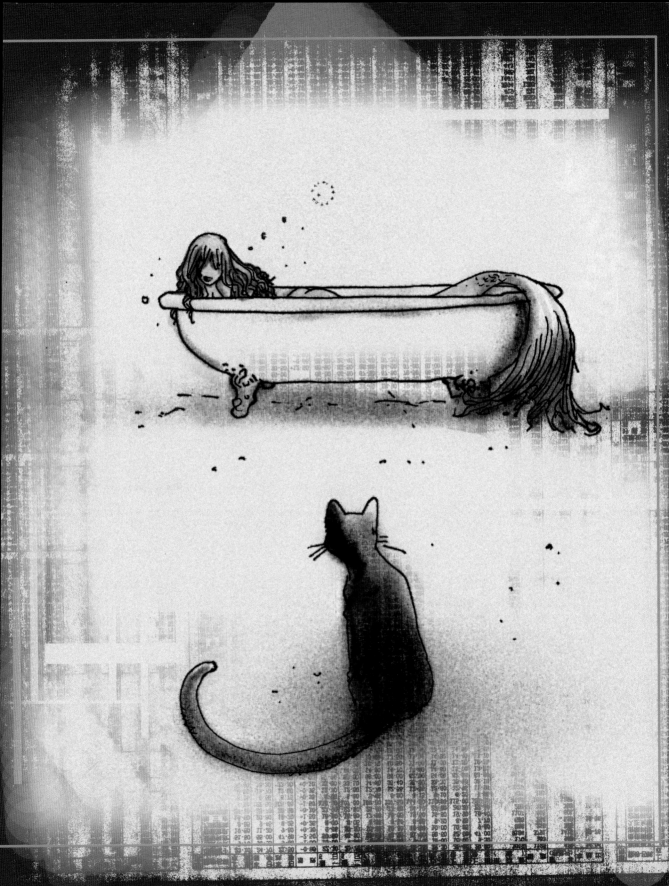

世界沒有因我的絕望與悲傷而停止轉動，

除了我自己，

沒有人在乎妳離我而去。

討論生命沒有意義，

研究愛情沒有道理……

突然發現自己，

竟然對未來完全無法想像……

期限到了，想像力就會離開你。

在那之前，它在另一個人身上……

在之後，又是另外一個人……

天才，只是知道想像力有期限的人。

我在浴缸裡吹笛，

讓音符代替我去找妳，

周圍有多少人，像我這樣，

平靜地悲傷？

慢慢地……

靜靜地……

但持續不斷……

擴散。

城裡的光害讓我們看不到星星，

原始人抬頭即得的樂趣，

在都市裡卻遙不可及。

在山上，在海邊，星星滿天。

幸運的遇到流星，該許願的時侯，

卻發現自己淚流滿面……

我不斷重覆我的思念，

我不斷重覆我的思念，

以為靠著思念能讓妳回到我身邊，

並沒有，並沒有……

唯一回到身邊的，

是我對妳的思念……

水龍頭的眼淚如果停不住，

將會淹沒全世界。

我坐在這裡，

聽著化為泡沫的美人魚在海風中唱歌。

她告訴我，

只不過是樣子不同罷了，

她仍舊是泡沫界中的美人魚。

我終於知道自己沒有被關起來，

我承認是自己抓了一片障礙不放手。

我想起來，

只要是月圓之夜，

我那過期的室友總是不在。

我認定他是狼人，

他從不解釋深夜出去幹嘛。

也許，他已經徹底成為狼，

不再回來這個不自然的地方了……

該離開這個框框了，

但又沒有勇氣跳出去……

接到妳的來信，

是直接寄到我腦海裡的訊息，

在夢裡河流或海洋的中央，

我一直努力地想看清楚妳寫了些什麼？

但在幽黯的陽光下，

字體們不斷地在信紙上逃竄排列組合。

然後消失。

貓告訴我，

牠是從蛋中出生的。

我並不覺得詫異，因為期限一到，

我就會變成外星人，

離開這個地方……

所以，

眼前所有的一切都不是真實的……

每一個房間的天花板和牆上，

全都掛滿了鑰匙，

其中肯定有一把，

可以開啓有答案的門，

也許可以找到妳，

也許可以找到我自己。

問題是我已經不想找了。

有些事情的答案似乎不存在，

它只是該發生而已……

我轉身離去，

鑰匙叮叮噹噹地發出嘆息……

我回答它們，少自以為是了，

我很清楚這可不是逃避。

於是我開始思念，思念我的失戀。

一早醒來，

痛苦不再……

奇怪、茫然，微微地感到憤怒……

我的痛苦背叛了我，它不告而別……

結束了？

期限到了？

我該離開了？

就這樣？

沒有人列隊歡送。

在雨中，我即將跨越這條界限，

踏上紅地毯延伸盡頭的彼岸……

我超過了失戀的期限。

失去了期待。

解除了限制。

沒有太多的悲傷或喜悅，

安靜輕鬆，

只等待另外的期限出現。

我想起泡沫化的美人魚，

她的歌聲四處遊蕩，

飄向遠方……

過了數千萬年，

代替火山灰在空氣中飄浮的，

是廢氣和交通工具移動揚起的煙塵……

那個據說燃燒也有期限的光球又從

大樓後昇起

我在這裡，

明白愛情和飄浮在空中的大鯊魚一樣

沒有道理，

在以後的日子裡不斷愛下去，

也許可以解開這個謎。

會有另一個妳，

不知道在那裡⋯⋯

但我知道我愛妳，

即將。

後記

這本書有許多不同於我以往作品之處。

首先，這是我第一次整本以電腦製作完成的書……

全書的線條稿都沒有打草稿，是直接畫的……

還有，書裡的某些頁數，根本從頭到尾都是在電腦上完成的……

被我刪掉的部份比你現在看到的還多……

我第一次畫和愛情相關的主題。

第一次沒有連載就直接出書。

第一次發表圖文書作品。

當然，還有許多第一次……

對了，從答應出版社到交稿出書，足足有一年半（或兩年？）

這是我第一次拖稿這麼久……

在完成這本《期限》的期間，

我的人生有了些許變化：

從不會用電腦到會用電腦畫圖、交稿（可是依舊不會上網）。

母親病倒，影響了我的一切。

母親住院，成為植物人……

老家被查封……

結婚（居然還有人敢嫁我）。

然後想繼續畫個不停……

想繼續拍動畫片……

也許就拍這部《期限》。

麥人杰
（曾經名叫麥仁杰）